LES

SUITES DE LA GUERRE

PAR

B. LA ROCHE

LILLE

IMPRIMERIE LIBRAIRIE DE JULES PETIT

Rue Basse, 54 (coin de la rue Esquermoise).

—

1878

LES SUITES DE LA GUERRE

PAR

B. LA ROCHE

Après bien des années passées dans les régiments, un Sous-Officier qui n'avait aucune fortune, se décida à demander un emploi dans l'Artillerie des Places, où il prenait rang d'Officier comme employé Militaire de cette arme. Ce qui lui permettait d'avoir avec lui sa mère, devenue veuve, à laquelle il ne restait pour vivre qu'une modique retraite ; cette retraite que l'Etat fait à la femme d'un soldat.

Cet employé fut donc nommé Garde d'Artillerie dans une des places qui défendaient alors en Alsace-Lorraine le passage aux Prussiens sur le territoire français. C'était une de ces forteresses de l'Est construites par Vauban sous Louis XIV, dont les ouvrages extérieurs ont été plus tard reliés entre eux par Cormontaigne, sous Louis XV. Cette ville, la Moselle et la Fensch l'arrosent ; elle est admirablement située sur un des contours gracieux d'une fertile et verdoyante vallée, dont les côteaux ravissants sont garnis de vignes, où l'on récolte ces bons vins de la Moselle, si estimés des Français et plus encore des Allemands. Mais, malheureusement, elle est placée dans un bas-fonds, dominée par conséquent par des hauteurs qui ont contribué à la faire bombarder à volonté par le général prussien de Kammcke.

Les gens de cette cité étaient paisibles, et surtout laborieux. Les relations entre civils et militaires étaient des plus cordiales. Un Garde, dans des conditions semblables sous le rapport de la fortune à celles de notre employé, pouvait trouver là ce qu'il fallait à son existence et au bien-être de sa mère. Les commerçants de cette ville de la vieille Alsace-Lorraine ne savaient être que polis et convenables envers les étrangers qui venaient y résider ; et, s'ils donnaient du moins à crédit, il n'y avait pas chez eux cette arrière-pensée qui existe chez un trop grand nombre de commerçants des villes du Midi.

Au bout de deux années, notre Militaire trouva à se marier ; il épousa la fille d'un commerçant.

Ce mariage avait paru d'abord rendre heureuse la vieille mère ; malheureusement, quatre mois après les noces de son fils, cette excellente femme qui avait alors soixante-quinze ans, transportée ainsi à cet âge avancé du Sud Est à l'Est, éprouva un dérangement de cerveau qui altéra considérablement ses facultés

Sur ces entrefaites la guerre éclata ! L'on sait si elle fut terrible et cruelle pour l'Alsace-Lorraine que cette guerre de 1870, car elle a ruiné et fait périr bien de braves gens, pour aboutir à quoi ? à perdre un pays essentiellement français et si péniblement détaché de l'empire allemand. Ce pays qui, depuis bien des siècles, avait supporté tant de maux pour la France ! La guerre. hélas ! comme la mort avec sa faulx, faucha et ravagea tout. A son tour la forteresse habitée par notre Garde fut bombardée et elle dut, comme tant d'autres, capituler, lorsqu'elle n'eut plus à espérer aucun secours des armées de Metz et de Sedan, tombées elles-mêmes entre les mains des Prussiens

Pendant le blocus, le premier enfant de cet employé mourut ; et la vieille mère ne revint pas à la raison.

Ce fut vers la fin de l'année qu'eut lieu le bombardement de la place, appelé « Siége » par les Allemands. L'épouse, qui était de nouveau enceinte, supporta courageusement cette épreuve de la cruauté humaine ; mais sa douleur fut infiniment plus grande, quand elle dut se séparer de son mari partant en captivité, emmené par les Prussiens prisonnier de guerre en Allemagne.

Ce Garde d'Artillerie laissait ainsi sa mère en démence, et sa jeune femme, dont la grossesse exigeait plutôt un aide pour elle que de surveiller et soigner cette vieille femme qui, ne pouvant rester renfermée dans le logis, se promenait continuellement au milieu des ruines de cette ville incendiée, démolie par les boulets, les bombes, les obus des Prussiens, ou sur les remparts tout couverts de projectiles qui n'avaient pu atteindre les maisons.

Le départ eut lieu cependant, car l'employé était

homme à accomplir un devoir. Il n'avait point voulu signer l'acte offert par les Allemands, acte par lequel il aurait eu le droit de rester libre en France, mais prisonnier sur parole, et sans pouvoir reprendre les armes contre les ennemis dont les chevaux foulaient le sol de sa patrie. S'il avait pu le faire de suite, il aurait préféré s'échapper des mains des Prussiens pour aller combattre et mourir pour la patrie agonisante. Mais il lui fallait songer d'un autre côté à la vieille mère, à l'épouse, à l'enfant qui allait bientôt venir au monde, parce que les Allemands ne font rien pour ceux qui n'ont pas obéi aux lois de la guerre. Sa pensée, en agissant de la sorte, était qu'ils respecteraient et ne maltraiteraient pas la mère et la femme d'un militaire français prisonnier de guerre

Bien lui en prit, car l'heure de la délivrance approchait de jour pour la femme ; et la vieille mère, que le fils avait voulu placer à l'hospice avant le bombardement, n'avait pu encore y être admise avant son départ. Ce fut, pour la honte des Administrateurs et le Conseil municipal, le sous-préfet prussien qui la fit admettre de son chef.

Il ne faut pas se le dissimuler, nous avons, nous autres Français, bien souvent le courage de devenir égoïstes en face des plus grandes douleurs, devant les plus grandes misères.

La femme du Garde quitta la forteresse pour aller accoucher à neuf kilomètres plus loin, dans la maison d'un grand-oncle. Quand les Prussiens, maîtres alors de tout le pays, revinrent occuper le village, ils visitèrent tous les logements. Arrivés devant la porte de la chambre de la jeune femme, ils lurent la carte de visite clouée dessus. — Cette carte indiquait qu'elle était l'épouse d'un Garde d'Artillerie français, en ce moment prisonnier de guerre en Allemagne. « Nous n'avons pas, dirent-ils, à prendre cette chambre ; elle restera occupée par la dame qui l'habite. »

Ce que l'on respecte le plus en Allemagne : c'est le militaire, et tout ce qui, de près ou de loin, touche à sa personne.

La captivité, on le pense, fut bien pénible pour ce soldat, sachant que sa femme ne pouvait que languir et se désespérer pendant son absence ; manquer de protection, de soins, peut-être ! Heureusement que le vieil oncle, le meilleur des hommes, veillait avec sa femme sur sa nièce, ce qui permit à celle-ci d'attendre plus patiemment le retour de son époux ; et avoir, en temps utile, les soins et les secours nécessaires à l'heure de la naissance de l'enfant. Il songeait aussi à sa bonne vieille mère, l'objet de sa tendresse et de sa vénération, pour laquelle il avait tout quitté afin de la rendre heureuse à la fin de ses jours ; et, aujourd'hui, qu'il la savait renfermée dans un hospice et livrée à des soins mercenaires, ce bon fils ne pouvait qu'éprouver une grande douleur. En effet, c'était une bien dure situation pour un aussi brave cœur ! Cet homme qui avait tant à souffrir d'une séparation si pénible, songeait pourtant encore plus à sa Patrie, à cette France maintenant abattue et dévastée, qu'à ses propres douleurs.

Notre Militaire fut en Allemagne, malgré sa position de prisonnier de guerre, estimé et respecté non-seulement par les personnes chez lesquelles il logea, mais encore par toutes les personnes de son quartier, qui ne manquaient pas de le saluer lorsqu'il passait devant leur porte ; tandis que bien d'autres prisonniers ne l'étaient jamais, à cause de leur légèreté, de leur morgue envers les habitants — Un vaincu qui, sans ostentation ni orgueil déplacé de sa part, conservera cette retenue, cette froide politesse qui sied au malheur, saura toujours mériter l'estime et le respect du vainqueur A cette époque néfaste, jamais Français n'avait si bruyamment livré carrière à son esprit : si son corps fut prisonnier, la langue eut toute sa liberté.

Par un hiver des plus rigoureux, cette captivité dura plus de quatre mois.

Hélas ! Paris, la ville immense, la capitale intellectuelle du monde entier capitula aussi ! Pour un cœur vraiment patriote, pour notre brave Garde, ce fut une poignante douleur que d'apprendre cette capitulation. Et cependant la reddition de Paris allait faire conclure la paix. La paix le ramenait près de sa tendre épouse, devenue mère pendant ce laps de temps, et auprès de sa bonne vieille mère Il en était presque heureux, mais il eut préféré rester bien des mois encore prisonnier, puisqu il ne pouvait briser ses fers pour voler au combat, dans l'espoir que les armées françaises parviendraient à sortir victorieuses de cette lutte héroïque et désespérée, que soutenaient nos courageux soldats contre les armées allemandes, depuis le jour où ces armées avaient envahi le sol français.

Notre Militaire rentra en France vers le 16 Mars 1871. Il traversa Strasbourg, Metz, places fortes bourrées de troupes prussiennes. Son cœur saignait à chaque pas, car il voyait ces belles contrées, qu'il avait eu tant de plaisir à parcourir, passées pour un temps inconnu, sous la domination de la Prusse, et cette domination l'obligeait à quitter un pays qu'il aimait.. Cette perspective bouleversait son âme.

Il était dix heures du soir : sa femme ne l'attendait pas, attendu qu'il lui avait écrit que faute d'argent pour partir à ses frais, il ne reviendrait que lorsque tous les prisonniers seraient reconduits à la frontière par les autorités allemandes. Quelle surprise émouvante pour cette femme, en revoyant son époux ! Et quelle joie de le presser sur son sein ; de l'embrasser, après avoir subi depuis la guerre les plus dures épreuves. Des yeux de ces deux êtres réunis de nouveau, s'échappaient de douces larmes de tendresse et de bonheur.

C'était l'instant où la femme tenait son enfant sur ses genoux pour lui faire sa toilette avant de le coucher ; cet enfant qui était né pendant la captivité de son père, et qui, tout en recevant les caresses de l'auteur de ses jours, ne savait ce qu'on lui voulait. Pauvre enfant qui ne pouvait encore comprendre ce que c'était que les souffrances du corps et du cœur, mais qui souffrira un jour bien cruellement, en apprenant que le pays où il est né appartient aux Prussiens.

Cet employé militaire, français dans l'âme, ne pouvait résider dans une contrée où le vainqueur dictait de nouvelles lois à ces braves gens, qui n'auraient pas mieux demandé que de rester Français au lieu d'avoir pour maîtres les Prussiens. Si petits que puissent se faire ceux qui s'emparent de nos foyers, ils gênent toujours dans la maison, car ils veulent commander et non obéir. Outre cette fausse position créée par la guerre, il ne pouvait recevoir sa solde dans un pays où les retraités eux-mêmes ne parvenaient pas à se faire payer leurs pensions. Il s'adressa donc au Ministre de- la guerre pour sortir de cet embarras ; le Ministre ne lui répondit que par une mise en non activité, à rester dans la contrée arrachée à la France par les Allemands. Cette situation n'était pas faite pour convenir à un militaire qui, possédant au plus haut degré l'amour de la Patrie, ne se souciait point de rester dans un lieu où chaque jour passaient sous ses fenêtres les soldats de la Prusse

Le Garde retourna quelques jours après à Nancy pour se présenter à l'Intendance, afin d'y faire régulariser sa position ; là, il n'y avait qu'un représentant chargé de diriger les militaires sur Meaux, parce que la Commune venait d'éclater à Paris. Arrivé dans cette ville, il ne put aller en avant, c'est-à-dire jusqu'à Melun ou à Versailles, le gouvernement ayant donné l'ordre aux autorités de retenir tout soldat venant des prisons de l'ennemi ; ni revenir en arrière, par la même raison. Pendant huit jours il demeura dans cette ville, nourri et logé au compte des habitants ; mais il fut obligé de vivre à la même table que les officiers allemands qui attendaient, en riant de leur rire germanique, la fin de la lutte engagée entre Versailles et Paris. Ce ne fut que lorsque le sous-préfet français reprit la direction des affaires de son arrondissement que notre employé put rétrograder, quoique ce fonctionnaire eût cependant lancé une proclamation dans laquelle il faisait un puissant appel aux habitants de Seine-et-Marne pour aller combattre l'insurrection. En même temps, le Maire s'empressait de faire quitter Meaux aux soldats rentrant de captivité, en obligeant le bureau de bienfaisance de la ville de leur donner quelque argent pour les aider à regagner leurs foyers. Ainsi, un homme recevait parfaitement un franc pour aller de Meaux à Rennes.

Ce fut dans la cour de l'Hôtel-de-Ville que le Garde vit s'approcher un pauvre diable qui lui demanda s'il n'était pas le Commissaire de police.

— Hélas! non, répondit-il, j'ai perdu ma place.

— Et moi aussi, répliqua le pauvre homme.

— Vraiment! la vôtre a donc été bombardée comme la mienne ?

L'homme resta tout ébahi ; puis il se retira en jetant

de temps à autre un coup d'œil en arrière, afin de s'assurer si le Militaire n'avait point voulu se moquer de lui.

La situation de ces deux hommes prouve que Lafontaine a eu raison de dire :

« Un tiens vaut, ce dit-on, mieux que deux tu l'auras;
« L'un est sûr, l'autre ne l'est pas.

De retour auprès de sa femme, à laquelle il avait écrit de lui envoyer des fonds pour hâter son départ, il fut fort étonné d'apprendre qu'elle n'avait reçu sa troisième lettre que le jour de son arrivée; les deux premières étaient encore en route A cette époque, le service de la poste aux lettres était fait pour ainsi dire sous le contrôle et la direction des Prussiens, qui se servaient de nos chemins de fer avec les employés français. Mais un soldat pouvait alors voyager sur toutes les lignes ferrées avec des réquisitions faites au nom de l'empereur d'Allemagne

A son départ de Meaux, où notre employé était allé avec cinquante francs, il ne lui restait que quatre sous le jour de son départ pour effectuer son voyage. Quand le train, bondé de gens qui s'échappaient de Paris, s'arrêta à Frouard, station distante de quelques kilomètres de Nancy, il trouva étrange qu'un autre train ne vint pas de ce côté pour gagner Metz Un des employés de la gare lui en expliqua les motifs, en lui disant : « les Prussiens n'attendent pas. » Il se décida, forcément, à aller à Nancy, afin d'y trouver à déjeuner, car le train ne devait passer à Frouard qu'à quatre heures du soir, et il était sept heures du matin.

Avant d'entrer en ville, le Garde causa avec un des employés de l'octroi. Il lui demanda s'il ne connaissait pas dans le faubourg un habitant du même nom que le sien. A peine cet employé venait-il de dire oui, que la personne en question sortait de chez elle. Notre militaire l'aborda, s'en fit reconnaître, et il apprit qu'une lettre, à lui adressée par un de ses parents, se trouvait être en sa possession; son homonyme lui assura qu'il était très heureux de le retrouver et pouvoir lui remettre cette missive, car elle contenait un mandat de cent francs. Le facteur de la poste, moins scrupuleux que ce Monsieur, l'avait obligé à garder cette lettre, malgré qu'il l'eût refusée plusieurs fois, et quoique l'adresse portât « poste restante ; » parce que, disait-il, il n'y avait que lui de ce nom-là à Nancy Par honnêteté, celui-ci n'avait point voulu jusqu'alors s'octroyer le mandat, espérant toujours en retrouver le propriétaire.

L'employé fut moins heureux pour une autre lettre, qu'il ne reçut jamais, contenant également un mandat de poste. La personne dans les mains de laquelle cette missive tomba, se garda bien d'avoir les mêmes scrupules que son homonyme.

La bourse garnie, il trouva facilement à déjeuner dans un des restaurants de cette charmante ville de Nancy, si gaie autrefois, mais bien triste à ce moment-là, car elle était occupée, comme Meaux du reste, par les troupes allemandes.

Dans l'après midi, il reprit le train avec une réquisition des autorités prusiennes ; passa par Metz, dont la gare était gardée par une foule de soldats de toutes les nationalités allemandes ; enfin, il arriva chez lui. Retournant par conséquent sans avoir pu régulariser sa position, ni à Nancy ni à Meaux, et n'ayant pas voulu faire le voyage de Versailles à ses frais. Ce voyage, en prenant une voiture, lui aurait coûté de cent-vingt à cent-quarante francs, pour les seize lieues qui séparent Meaux de cette ville. Notre officier n'avait certes pas une aussi forte somme à sa disposition, puisqu'il cherchait partout une Intendance, afin de se faire payer la solde qu'il n'avait pu recevoir, faute d'argent dans la caisse, en partant en captivité.

N'ayant rien obtenu, il écrivit alors au Président de la République, le priant de lui faire reprendre son emploi dans une des places de guerre de la frontière opposée à celle où les Prussiens s'étaient emparés des forteresses.

Puis, trois jours après être revenu auprès de sa femme, il repartait pour Lunéville, où un Sous-Intendant Militaire, chargé du rapatriement des prisonniers, lui dit d'aller planter ses choux. Le soldat, s'il sait souffrir, ne sait pas toujours se taire. Aussi, riposta-t-il au Sous-Intendant qu'il trouvait étrange qu'on lui tint ce langage, à lui, vieux militaire, accomplissant son devoir.

— Pourquoi avez-vous quitté l'armée active ? lui dit l'Intendant.

— Parce que, répondit le Garde, je voulais une autre position pour vivre avec ma mère.

— Cela est votre affaire. Mais vous êtes encore valide, ajouta l'Intendant.

Comprenant alors toute la pensée du Sous-Intendant, l'employé s'avança vers lui, et lui dit : « je sais mettre le sabre à la main et sais encore m'en servir. »

— C'est bien, répondit l'Intendant, revenez ce soir prendre une feuille de route, avec indemnité, pour aller à Pont-à-Mousson.

Le soir, lorsque l'employé revint, il ne trouva dans les bureaux qu'un commis qui lui remit une feuille de route, sans indemnité.

Les cinquante francs qu'il avait emportés pour faire ce voyage avaient été dépensés ; il fallut emprunter quelques thalers pour retourner à la maison.

Ainsi, notre Garde avait erré pendant dix-sept jours, sortant des prisons de l'Allemagne, pour régulariser sa position, et il n'avait acquis, comme récompense, que les apostrophes imméritées d'un Sous-Intendant qui n'était plus lui-même dans le rang des combattants, et dont la santé florissante ne rappelait guère les souffrances de la guerre et de la captivité.

Il attendit vainement une réponse à sa deuxième lettre adressée au Président ; son silence le décida à partir pour son pays natal avec sa mère, qu'il fit sortir de l'hospice, et sa femme et son enfant. A la première station du chemin de fer, le chef de gare commença par lui refuser le quart de place, droit accordé cependant à tous les militaires, parce qu'il n'avait pas de feuille de route. Malgré les observations, justes pourtant, qu'il fit à cet employé, en lui expliquant qu'une autorité française devenue prussienne ne pouvait délivrer des papiers à un soldat français, l'employé demeura intraitable. Néanmoins notre Garde continua sa route, mais il fut obligé de s'arrêter et de coucher à Epernay, ville plus occupée des Prussiens que par les Français ; les trains ne repartaient que le lendemain. Là, avec de l'argent en poche, il faillit rester dans la rue avec sa famille. A l'hôtel où il fut amené par la voiture même de l'établissement, on ne voulait pas lui donner une chambre à deux lits pour abriter sa mère, sa femme et son enfant, alors qu'il s'en trouvait de non occupées. Après mille pourparlers et mille prières, il en obtint une ; cette concession ne fut pas tout-à-fait gratuite de la part du maître d'hôtel.

Le lendemain matin, il reprit le train qui allait jusqu'à Chaumont. Comme notre militaire av it quelques heures devant lui, il en profita pour aller demander une feuille de route à la Préfecture. Un des employés auquel il s'adressa, voulut de prime-abord lui refuser ce qu'il désirait ; et il ne se décida à cet effort généreux que lorsque le Garde eut demandé à parler au Préfet lui-même. Avec l'obtention de cette feuille de route, les employés du chemin de fer lui permirent de voyager sur toutes les lignes à quart de place.

> Marche aujourd'hui, marche demain ;
> A force de marcher, on fait beaucoup de chemin.

Vers minuit il arriva à Gray. Ne pouvant faire bivouaquer sa famille dans la gare, ni la laisser prendre du repos sur le pavé des quais de la Saône, que les eaux du fleuve rendaient trop humides la nuit, il s'aboucha avec un de ces commissionnaires, employés qui n'ont réellement aucun emploi, que l'on croirait être chargés de guider les voyageurs dans les villes, à cause des airs d'importance qu'ils affectent, et surtout des vexations qu'ils leur font subir pour les entrainer chez les hôteliers qui leur donnent le meilleur pourboire.

— Connaissez-vous un hôtel où nous puissions passer la nuit ? lui dit-il.

— Certainement, répondit le cicérone.

— Dans ce cas, partons.

Le Garde et sa famille, un monsieur et une dame fuyant Paris pour venir dans le Languedoc, avec lesquels ils avaient fait connaissance pendant la route, sortirent de la gare, longèrent les quais de la Saône en aval, passèrent le pont, redescendirent sur la rive droite du fleuve, enfilèrent dans une rue, entrèrent dans une espèce de cour et s'arrêtèrent devant une porte d'auberge de mauvaise apparence. Le conducteur frappa, et l'on vint en ouvrir la porte. Ils pénétrèrent alors dans une salle basse et enfumée, garnie de planches sur lesquelles étaient déposés des vieux pots en gré et meublée de tables et de bancs en bois plus ou moins blanc, dont les pieds reposaient sur un plancher en pierres qui était recouvert d'une couche de boue assez épaisse. L'on pouvait se croire, à cause des portes dérobées placées aux murs de ce taudis, dans un véritable coupe-gorge. Au dehors de cet établissement, on n'entendait que le clapotement des eaux de la Saône et le pas des sentinelles prussiennes, ne bougeant jamais qu'aux cris de détresse de leurs compatriotes. Il est vrai que les Allemands occupaient les meilleurs hôtels de la ville, ce qui mettait le conducteur dans l'impossibilité de trouver pour nous un gîte plus convenable.

— Combien vous devons-nous pour votre peine ? dit l'employé, en s'adressant au commissionnaire.

— Vous êtes cinq, répondit celui-ci, et je ne compte pas l'enfant (il avait quatre mois); vous me devez dix francs.

Après mille si et mille mais, un arrangement se fit ; le conducteur n'accepta qu'en maugréant les cent sous qu'on lui offrait.

Parmi les personnes attardées dans cette auberge-cabaret, quelques-unes se trouvaient encore à la table située à l'une des extrémités de la salle. Un de ces individus ayant entendu que l'on demandait une voiture pour retourner le lendemain à la gare, proposa, en y mettant un certain ton de franchise et de bonhomie, de venir les chercher dans la sienne à l'heure qu'ils voudraient, afin de ne point leur faire manquer le train du matin, se chargeant de les y transporter ainsi que leurs bagages.

L'offre fut acceptée.

Harassés de fatigue, ils demandèrent à l'hôtesse à visiter les chambres qu'elle comptait pouvoir leur donner. Par un escalier tortueux et étroit, la femme de l'auberge les conduisit à un premier étage ; elle leur fit faire encore quelques détours, puis ils se trouvèrent dans une chambre où il n'y avait qu'un lit. Mais quel lit et quelle chambre.

— Comment, dit le Garde, il nous faut deux lits, et vous n'en avez qu'un.

— Oh ! monsieur, riposta l'hôtesse, j'en ai un autre dans la pièce voisine.

L'employé voulut voir ce lit et cette chambre. En entrant, il ne vit d'abord qu'un appartement tout-à-fait vide, servant de passage à d'autres chambres à plusieurs lits, où ronflaient des voyageurs pressés de jouir d'un sommeil réparateur. Il ouvrait déjà de grands yeux pour découvrir ce fameux lit, croyant plutôt à une mystification qu'à toute autre chose, lorsque la femme, en tirant un bout de cuir, fit descendre, collée au mur, une paillasse clouée sur quelques planches.

— Voici votre second lit, s'empressa-t-elle de dire au Garde.

— Madame, répliqua celui-ci, cela ne fait pas notre affaire. Donnez-nous un matelas sur lequel, nous autres hommes, nous coucherons, dans la même pièce que nos femmes.

Cette résolution prise, et il était temps de la prendre pour essayer de goûter un repos trop longtemps attendu, et surtout à cause du jour qui allait bientôt paraître, les deux dames se jetèrent tout habillées sur le lit, plaçant l'enfant entre-elles deux. Ce lit n'était guère moelleux, car sur une paillasse élastique, aux ressorts détachés ou brisés, produisant, lorsqu'on se retournait, des sons bien moins harmonieux que ceux de la harpe éolienne primitive, était placé un matelas qui n'avait pas été rebattu depuis 1815, lors de la deuxième invasion des alliés. Les deux hommes et la vieille mère se couchèrent sur le matelas qu'on avait étendu par terre.

La nuit ne pouvait avoir qu'une courte durée, puisqu'il était plus de deux heures du matin lorsqu'ils soufflèrent le bout de chandelle qui leur servait de luminaire; mais en réalité, elle fut trop longue pour des gens qui ne se sentaient pas à l'aise dans cette maison là.

Quand le jour parut, tout le monde fut lestement sur pied, prêt à partir, attendu que nos voyageurs n'eurent ni à s'habiller ni à se chausser, et que faute d'eau ils ne purent faire leur toilette. Le Garde descendit le premier pour demander à la maîtresse de l'auberge la voiture offerte, il y avait à peine quelques heures, par le buveur du cabaret; celui qui avait si bien parlé et qui paraissait si désireux de rendre service.

— Ah! monsieur, dit timidement l'hôtesse, le jeune homme qui vous a fait cette proposition n'est qu'un mauvais garnement qui s'est moqué de vous. Je n'osais point vous le dire, lorsqu'il vous parlait d'une façon si douce, mais railleuse, qu'il était, ainsi que ses compapagnons du reste, gens incapables de pratiquer l'amour du prochain. Il a voulu ainsi s'égayer à vos dépens, car il n'a qu'une voiture à bras. Comme il a beaucoup bu cette nuit, il ne reviendra même pas ce matin.

La surprise amenée par cette explication avait bien de quoi irriter l'homme le plus calme et le plus froid qu'il soit permis de rencontrer sur la terre ; mais notre Garde au lieu de perdre son temps à commenter les défauts d'un pareil drôle, avisa la voiture de la poste aux lettres qui passait dans la rue, allant porter les dépêches à la gare. Il y fit monter sa vieille mère, sa femme et son enfant ; plaça dedans son sac de nuit et suivit à pied la voiture, le conducteur menant le cheval par la bride accompagné par le monsieur et la dame avec lesquels ils venaient de passer un si bon bout de nuit.

Nos voyageurs franchirent enfin ce long ruban de queue de chemin de fer. — 1200 kilomètres. Cette ligne qui s'étend depuis Gray jusqu'à la frontière italienne placée au pied des Alpes, en côtoyant la Méditerranée, lorsqu'on a dépassé Tarascon. Après trente-huit heures de voyage, passées dans un compartiment de troisième classe, ils s'arrêtèrent dans un des villages du Midi ; ce pays où la magnificence de la nature, le parfum des fleurs et la richesse de la terre devraient donner à l'homme les sentiments d'amitié les plus purs et les plus sincères, ainsi qu'un dévouement véritablement fraternel.

Si l'homme, dont l'absence a été longue, est heureux de revoir son clocher, ses parents, ses amis, surtout après avoir supporté toutes les vicissitudes que la guerre seule peut enfanter, il serait doux pour un cœur aimant et dévoué de retrouver au moins, parmi ceux qu'il a aimés autrefois et qu'il aime encore, la même sympathie, la même amitié. Au lieu de ces sentiments ne trouver en eux ni cette bonté ni cette humanité qui régnaient jadis dans leur cœur, et cela, juste au moment où l'on pourrait avoir besoin de leurs petits services à cause de circonstances imprévues et difficiles, n'est pas chose qui puisse faire croire à une véritable affection de leur part. En effet, compter sur quelqu'un et se trouver abandonné par les êtres qui sentent couler dans leurs veines le même sang que le vôtre, est un fait qui ne produira jamais qu'une grande déception ; et cette déception, causée par l'indifférence, fera peser un doute bien cruel sur l'amitié des membres d'une même famille, doute qui s'attachera au cœur de l'homme et qui y rongera peu à peu l'amitié qu'il avait conçue pour ses parents.

Ce n'est pas que le Garde rencontrât chez toutes les personnes de sa famille la même froideur ; il n'y a pas de règle sans exception. Mais chez ses plus proches parents, en quelque sorte tenus de lui rendre service en cas de nécessité, il ne trouva qu'un esprit d'égoïsme par trop prononcé, puisqu'ils ne s'inquiétèrent ni de son sort, ni celui de sa famille, en présence des changements de pays et de position auxquels ils avaient été assujettis. Certes, il reçut un plus large accueil de la part de ses petits parents ; car ceux-ci lui facilitèrent son installation. Aussi, notre Militaire conservera toujours une profonde reconnaissance envers les gens qui comprirent sa situation et firent leur possible pour l'obliger.

Avant tout, il aurait désiré voir sa femme, d'origine alsacienne-lorraine, recevoir dans son pays une réception plus affectueuse, une réception pareille à celles que font les habitants de l'Est ; comme celle qui lui avait été faite à lui-même par les parents de son épouse, alors que le mariage l'avait fait entrer dans leur famille.

Les amis le reçurent également avec de grands témoignages d'estime et d'affection ; mais les amis ne sont que les amis et les parents sont des parents. Le proverbe dit : « un ami vaut mieux que cent parents. » Si le proverbe n'est pas tout-à-fait faux, on pouvait le rendre néanmoins plus juste, en faisant d'un parent un ami. Cette union ferait des prodiges et, d'une famille pauvre il serait possible d'en faire une famille riche.

N'étant pas de ces hommes qui se plaignent de tout ce qui est contraire à leurs idées ou à leurs sentiments, aimant pourtant à dire les vérités aussi dures qu'elles puissent être, il fut poli, malgré les contrariétés qu'il en éprouvait, envers tous ceux qui furent froids à son égard, sachant par expérience que l'humanité commet souvent des erreurs. Il n'accusa donc personne, pensant avec raison que la guerre était la cause sans doute de ce peu d'intérêt que l'on portait à tous les malheureux

soldats, aussi bien à lui qu'aux autres ; ainsi que dans
un incendie où le voisin s'écrie : « sauvons d'abord
ma maison et laissons brûler les autres, » les parents
fuyaient l'occasion de lui témoigner leur bon cœur.

Pour le quart d'heure, notre Garde d'Artillerie avait
encore assez d'argent pour faire face à bien des dépenses,
quoiqu'il eût été obligé d'acheter un lit et des meubles,
payer plus cher qu'un autre des appartements qu'il ne
pouvait louer à l'année ; ce qui, avec son déménagement
et ses voyages, avaient beaucoup diminué une bourse
qui n'était déjà pas trop bien garnie.

Mettant par conséquent toute mauvaise pensée de
côté et sachant que nul n'est prophète en son pays, il
régla ses affaires comme il put, sans remarquer le nez
ou la figure de Paul, Pierre, Jacques, et il s'occupa sans
retard de se faire replacer, afin de toucher sa solde d'activité, car il ne jouissait alors que de moitié de sa solde.

Pour tout individu impartial qui réfléchira sensément
sur les événements qui se sont passés pendant la guerre,
il demeurera frappé de cette ligne de démarcation qui
existait entre la France envahie par les troupes prussiennes et ce reste de la France qui ne l'était pas. En
effet, depuis Strasbourg jusqu'à Dijon, dernier poste
entre les mains des Allemands, tout le monde cherchait
à se rendre service mutuellement ; après Dijon, les
Français et principalement les soldats, on les traitait
moins bien que les étrangers

Cependant les soldats servent à défendre la patrie et ses
habitants, ce dont on peut s'en convaincre en lisant la
strophe suivante :

D'excellents mets votre table est servie
Et les bons vins égayent vos repas ;
Vous regrettez amèrement la vie,
Quand vient hélas! le moment du trépas.
Mais le soldat de son sang trop prodigue,
Courant les plaines, les monts et les ravins,
Périt de froid de faim, et de fatigue
Pour que des fers ne brisent pas vos mains.

Notre employé, on peut le croire, n'était pas revenu
dans son pays natal pour apitoyer ses compatriotes sur
son sort ; il n'y était rentré que pour essayer de rendre
à la raison sa vieille mère. Ce fils espérait qu'à la vue
de ces collines et de ces plaines couvertes d'oliviers,
de figuiers, en un mot, d'arbres fruitiers de toute sorte,

et formant des bois charmants qui, en descendant de la montagne, vont s'étendre dans la plaine et constituent, avec la fertilité de la terre, les plus grands biens que Dieu ait pu donner à l'homme ; il espérait donc, disons-nous, que sa bonne mère en revoyant encore cette nature si belle et si variée, pourrait se sentir émue, réjouie, heureuse enfin de respirer un air plus pur sous un beau ciel bleu et les tièdes senteurs de cette atmosphère méridionale ; qu'en se promenant le long des côteaux dont les sentiers sont garnis de grenadiers, elle serait enchantée de les parcourir comme au temps de sa jeunesse; qu'enfin, le bonheur de revoir ses parents et ses vieilles amies, pourrait opérer en elle un grand changement, tel que la foudre en fait éprouver à un malade au moment où celle-ci lui fait subir une commotion extraordinaire. Il n'en fut rien ! rien ne put modifier ni ses sens, ni ses idées ; son pauvre cerveau à jamais dérangé par les grands froids des hivers de l'Est, resta insensible devant les beautés de la nature, ainsi qu'à l'affection de tous ceux qui voulurent s'en faire reconnaître. A peine s'aperçut-elle qu'elle était de retour au pays, car elle continua à divaguer et à agir comme elle l'avait fait depuis le jour où elle avait perdu la raison, ce qui avait fait brouiller le Garde avec son Colonel, celui-ci voulant qu'il mit sa mère dans une maison de santé. Ce à quoi l'employé se refusa constamment, en disant à son chef: « Mettriez-vous votre belle-mère et votre tante à l'hospice, si elles avaient perdu la raison ? Non, n'est-ce pas ? Eh bien, moi, je n'y mettrai pas ma mère.»

Avec un profond regret, et au moment où il pensait que tout réussirait au gré de ses désirs, il fut cependant obligé de la faire admettre à l'hospice de son village, espérant encore que ses parents s'occuperaient de sa mère, s'il était appelé dans un nouveau poste. Mais il ne s'arrêta à cette dernière mesure que parce qu'un jour des personnes raisonnables, du moins assez âgées pour l'être, se permirent de faire trop boire cette excellente et digne femme, dont l'honorabilité de la famille aurait dû empêcher les gens d'agir de la sorte; et, il le fit également, parce que les enfants de l'endroit commençaient, en vrais polissons qu'ils étaient, à se permettre de tirer cette vieille femme par son châle et par sa robe, lorsqu'elle passait sur la place publique ou dans les rues.

Aux enfants, ne voulant rien dire, aux grandes personnes autrement que par la voie des tribunaux, attendu qu'il n'y avait pas bien longtemps que des hommes avaient battu un pauvre idiot, dont le tort était d'être maltraité par tout le monde ; aux enfants donc, il ne leur donna pour le quart d heure qu'une leçon de morale sur place, les prévenant qu'il leur tirerait les oreilles jusqu'à ce qu'elles lui restent dans les mains, si à l'avenir ils se permettaient d'insulter sa mère ou de lui faire la moindre niche. Et, dans le cas que ce moyen ne serait pas de leur goût, ils pourraient se plaindre à leurs parents ; ceux-ci pourraient alors lui demander compte du traitement infligé à leurs enfants.

Cette leçon, assurément, devrait être donnée aux enfants chaque fois qu'ils s'oublient ainsi, parce qu'en face de la liberté, de l'égalité et de la fraternité, l'enfant du peuple doit être aussi bien élevé que l'enfant du noble. Il ne faut jamais autoriser, tolérer même, que la jeunesse outrage la vieillesse ; par conséquent qu'elle poursuive par des huées et à coups de pierre les gens qui sont devenues insensés. Dans les républiques de la Grèce, le fou était jadis respecté et protégé ! Pourquoi ne respecterions-nous pas notre semblable, lors même qu'il a perdu la raison ? Pour nous, Français ! le temps doit être passé où l'enfance prenait plaisir à bafouer un pauvre insensé : Aujourd'hui nos enfants doivent être des hommes, et les hommes doivent s'honorer, en empêchant ceux qui poursuivraient un fou de leurs huées, de leurs menaces et de leurs coups.

Méridional ? tant que l'on voudra ! Mais soyons honnêtes, polis, compatissants et dévoués envers tout le monde. Ah ! nous ne le serons qu'à la condition de bien élever nos enfants, de leur donner une bonne éducation de famille, afin de leur extirper de bonne heure les vices qui pourraient surgir par suite d'exemples dangereux donnés par de francs mauvais sujets.

Notre militaire était certes dans toute l'acception du mot, un bon et véritable méridional ; et, il l'était autant par la tête que par le cœur. Son père, vieux soldat, n'avait pas manqué de lui apprendre à respecter et la propriété et les personnes. De plus, il avait vécu pendant des années dans le pays où les parents commande.t et où les enfants obéissent aux parents. Il n'avait pas manqué d'y remarquer, précisément, que l'obéissance était la base fondamentale de toute éducation ; aussi se promettait-il de faire de ses enfants de bons et énergiques citoyens, dont la politesse restera modelée sur l'honnêteté, la loyauté et la fraternité.

Sa non activité dura pourtant plus de six mois, comme si sa fortune ou sa demi-solde lui permettait d'attendre patiemment qu'on le replaçât ; enfin, on lui donna une place vacante depuis un an, grâce à un député de son département, auquel il fut obligé de s'adresser pour être renommé ; employant par conséquent un moyen défendu par le Ministre lui-même, parce que ses demandes n'aboutissaient à rien.

Le Garde, après ces diverses péripéties, avait pu toucher les arriérés de sa solde; mais il lui fut impossible d'avoir une indemnité pour perte d'effets brûlés pendant le bombardement. Il fallait trop de signatures pour obtenir cette indemnité. Et comme l'argent file promptement dans la main du pauvre, il se trouva tel que l'honnête homme est quand il n'a pas le sou, touchant ainsi au moment psychologique, mais inévitable, où le pain peut être refusé, faute d'argent. La bourse étant à sec, il ne pouvait songer à la remplir en empruntant soit aux parents, soit aux amis; sa réénomination arrivait donc à temps pour le tirer du mauvais pas où il allait se trouver, à cause de l'oubli qu'au Ministère l'on avait de sa personne, dont l'emploi était si infime et pourtant nécessaire ; lequel lui donnait des droits comme à tous les militaires appartenant à l'activité.

Examinons froidement la situation de cet employé et demandons-nous si, au lieu d'une guerre avec les Prussiens, la France avait fait la guerre avec l'Italie, ce que seraient devenus les gens des frontières du Midi ? ils auraient probablement subi le même sort que ceux de l'Alsace-Lorraine, surtout si cette nation avait eu pour alliée la Prusse. Dans ce cas, qu'aurait dû faire le Garde vis-à-vis d'un de ces parents se trouvant, par suite de la guerre, dans une situation identique à la sienne; ce parent étant venu avec confiance se réfugier auprès de lui ? Le soldat aurait fait, lui, ce que tout homme de cœur doit faire : partager son lit et son pain ! Ce que notre employé avait fait sur sa route, selon ses moyens, pour tous ceux qui avaient eu besoin de ses secours.

C'est au moment où le Général qui commandait la subdivision dans laquelle il se trouvait, allait prendre sa fausse position en considération, que notre Garde reçut une lettre du député et en même temps l'avis par la Gendarmerie, qu'il était, d'après un ordre du Ministre, replacé en Corse. De rechef, il revendit le peu qu'il avait acheté, ainsi qu'il avait déjà tout vendu en quittant l'Alsace-Lorraine. Puis il partit avec sa famille, s'embarqua pour aller s'installer dans son nouveau poste, laissant encore avec douleur sa pauvre vieille mère à l'hospice de son pays, lorsqu'il aurait voulu, pourtant, l'emmener avec lui; car l'on ne se sépare pas aussi facilement d'une mère en état de démence que de celle qui a conservé toutes ses facultés. C'est ce qu'il ne cessa de répéter à un vieil Administrateur, un contemporain de sa mère ; lequel ne fit que le poursuivre avec instance pour qu'il emmenât sa mère avec lui, alors que cette vieille femme n'aurait pu supporter le voyage. Il est probable qu'il voulait en débarrasser l'hospice, car ce fut encore cet Administrateur qui contribua à lui faire payer plus cher qu'aux autres les journées de présence à l'établissement, chose qui étonna beaucoup le Percepteur de l'endroit, puisqu'on pouvait l'y conserver avec sa retraite seulement, étant originaire du pays ; et c'est ce que l'on ne fit pas.

Au contraire, pour un motif spécieux, l'on se débarrassa facilement de la mère de notre militaire, en la renvoyant, quelques mois après, dans un autre hospice du département. Ce changement fut un peu amené par la faute de certains parents chargés de veiller sur elle après le départ du fils, et par le manque de parole d'un autre Administrateur, l'ami de son père et le sien, qui lui avait promis que personne ne la ferait sortir de l'hospice tant qu'il ferait partie du Conseil d'Administration.

Quant à la conduite tenue par le vieil Administrateur qui n'avait cessé de l'obséder de ses réflexions jusqu'au dernier instant, il pouvait certes bien traiter la question à son aise : il était riche et le Garde était pauvre, le premier aurait pu faire pour sa mère tout ce qu'il aurait voulu, le second ne faisait que ce qu'il pouvait.

Débarqué en Corse, ses ressources étaient épuisées ; Il avait été obligé, toujours par l'influence du vieil

Administrateur, de payer d'avance trois mois à l'hospice ; car l'on ne fait pas crédit au pauvre dans ces établissements, excepté qu'on vous y prenne par charité. Le réglement de tous ces comptes l'avait forcé à emprunter de l'argent à un autre employé, pour pouvoir payer ce qui avait été dépensé pour lui et sa famille, à l'hôtel où ils étaient descendus. Heureusement qu'il y rencontra un bon camarade qui lui rendit service ; action qui est moins rare de la part d'un militaire que de la part d'un civil, car le soldat calcule tout autrement que le bourgeois. Néanmoins il se trouve de bons cœurs partout ; mais il arrive souvent que ces bons cœurs refusent leurs petits services aux honnêtes gens, tandis qu'ils les accordent à des fripons dont ils sont les dupes.

Encore une fois : est-ce que si la guerre n'avait pas eu lieu, ce militaire se serait trouvé dans une situation aussi précaire, aussi désagréable que celle à laquelle il était réduit ? Evidemment, non. Sa situation n'aurait pas été la même, car il n'aurait dépensé ni en captivité, ni en voyage, tout ce qu'il avait été obligé de dépenser dans l'espace de dix mois, pour faire face à tous les changements amenés par cette situation anormale. Il aurait pu, au contraire, réaliser des économies, qui lui auraient permis de tenir convenablement son rang. Ce rang d'officier auquel il manquera toujours quelque chose pour faire respecter et estimer l'homme qui occupe cette position, dans n'importe quelle situation où il puisse se trouver, tant que la solde des grades inférieurs n'aura pas été suffisamment augmentée, afin que l'on ne puisse plus dire : « luxe et misère. »

Si jamais, ô lecteurs, vous veniez à vous trouver, comme notre Garde, assujetti aux mêmes vicissitudes, aux mêmes désagréments et aux mêmes peines, par suite d'un désastre semblable à celui de 1870, rappelez-vous ces pages que vous venez de lire, et lisez surtout jusqu'à la fin celles qui vont suivre.

L'employé débarqua donc en Corse dans les plus mauvaises conditions ; mais, ainsi que nous l'avons déjà fait connaître, il y avait trouvé un bon camarade, occupant, comme lui, le même emploi dans la place, qui s'était empressé de lui rendre mille petits services. Il trouva dans la ville, avec assez de peine néanmoins, un peu de ce crédit si nécessaire pour celui qui ne touche des écus qu'à la fin du mois, afin de parvenir à recruter un petit ménage et faire vivre sa famille.

Tout se paie; rien ne se donne! Quand il faut faire face aux dépenses quotidiennes, payer de l'arriéré et des journées d'hospice, même pour sa mère, les émoluments d'un officier inférieur ne peuvent y suffire. Cependant il faut bon gré mal gré se soumettre aux nombreuses exigences de la vie et de ses rapports avec les fournisseurs; ce qui fait que bien souvent, avec trop d'argent pour ne pas mourir, on n'en a pas assez pour vivre.

L'homme se trouve conséquemment obligé, lorsque sa solde est faible et que sa position est un peu élevée, de tirer le diable par la queue et d'ouvrir de grands trous pour en boucher de bien petits. Avec cela il doit toujours ménager la chèvre et le chou pour faire le meilleur usage possible du rang qu'il occupe et du milieu dans lequel il doit vivre, afin d'arriver à la retraite où, pour couronner sa carrière, il ne lui restera qu'à payer les dettes contractées pendant tout le temps qu'il aura passé sous les drapeaux, après avoir gaspillé la dot de sa femme et ruiné ainsi l'avenir de ses enfants.

Il y a des gens qui parlent souvent de l'état militaire, de la grosse solde accordée aux officiers: ces gens-là en bavardent sans en connaître le premier mot; car s'ils savaient combien les commencements sont difficiles et onéreux pour les petits gradés, au lieu de s'extasier sur cette fameuse solde, ils les plaindraient d'avoir une position qui rapporte si peu et où il y a tant de dépenses à faire. Ils sauraient aussi que ce n'est guère que dans un grade élevé, auquel on parvient avec beaucoup de peine, que l'on peut solder les comptes arriérés des grades subalternes. Et ces braves gens seraient bien étonnés d'entendre dire à un vieux Capitaine: « j'ai dépensé plus de trente mille francs pour arriver à ce grade-là. » Aussi, lorsque les recrues l'appelaient mon Colonel, était-il furieux. « Moi, Colonel ? disait-il, le visage rouge de colère, il me faudrait deux cents ans pour obtenir ce grade »

A cette époque, le Garde fit opter sa femme et son enfant pour la nationalité française.

Trois ans après son arrivée en Corse, sa femme accoucha d'un garçon, auquel il désira donner pour parrain un de ses anciens frères d'armes, qu'il croyait être un véritable ami. Ce camarade portait un beau nom, agrémenté de titres de noblesse. Ce n'est pas que notre employé visa le comte, car comte il y avait, afin d'avoir un parrain riche pour son enfant; non, sa pensée était toute naturelle, surtout plus simple et plus modeste. Il ne demandait en somme ce service au noble que parce que depuis trente ans ils se connaissaient, ayant servi longtemps ensemble dans le même régiment, où lui était Sous-Officier avant que le comte y arriva. Ce n'était donc que pour cimenter cette ancienne amitié par un nouveau lien, qu'il faisait appel à ce vieil ami, et non pour espérer à quelques avantages en le choisissant enfin pour parrain.

Jusqu'alors le noble lui avait prodigué, en souvenir de leur bonne camaraderie, une amitié qui paraissait être aussi franche que sincère ; lui-même s'était empressé d'écrire le premier au Garde, dès qu'il avait connu le lieu où il avait été renommé pour lui exprimer la joie qu'il éprouvait de le retrouver encore en vie, après cette guerre qui avait fait tant de mal à la France. Le comte s'étant trouvé renfermé dans Paris pendant le siège et la commune, tandis que l'employé l'avait été dans une place de guerre, ils se racontèrent par lettres et dans les moindres détails, tout ce qui avait eu lieu. Cette correspondance semblait avoir abouti, en apparence du moins, à un rapprochement plus intime entre les deux amis.

Le noble était, on le suppose ainsi, de beaucoup plus riche que le Garde ; ce dernier ne possédait rien de ses aïeux, il était le petit-fils d'un fermier de marquis avant la révolution. Son grand'père au lieu d'acheter les biens du marquis sous le régime de la terreur, les lui avait conservés. Aussi, par la naissance, on aurait pu croire qu'il n'existait aucune différence entre ces deux hommes; et jusqu'à ce jour l'orgueil du comte n'avait jamais froissé l'amour-propre du petit-fils du serf. Jamais, du reste, au régiment, le noble n'avait fait parade de sa particule, ni de ses titres ; il avait fait comme tous ceux qui, à cette époque, en entrant dans les rangs de l'armée en qualité d'engagés volontaires, cachaient soigneusement leur noblesse et leurs titres, ayant l'air de n'en point faire cas, et n'étalant au grand jour que des idées libérales.

Mais par la suite, en gravissant les échelons dans la carrière militaire, les titres s'étalaient sur la carte de visite et le noble redevenait comte ou marquis vis-à-vis du croquant, dans le but de profiter d'un surnom ajouté par le hasard à son nom de famille, afin d'avoir un avancement plus prompt et se mettre ainsi au-dessus des autres hommes.

Chez l'ami de notre employé, ce sentiment de fierté ne vint ou ne parut venir qu'à la suite de cette demande de faire baptiser son enfant. L'on n'aurait jamais pu penser que le comte eût jeté les yeux sur son blason pour lui faire sentir enfin la distance qui les séparait l'un de l'autre ; car, à son âge et dans sa position, après tant de révolutions, il n'était plus permis de croire qu'en vieillissant le noble eût eu une pensée aussi mesquine. Mais il dut l'avoir, puisqu'il resta trois mois sans répondre à aucune des lettres du Garde ; encore ne le fit-il que lorsque celui eut découvert le pays qu'il habitait. Sa dernière lettre n'était en réalité que pour savoir comment le comte se portait, inquiet qu'il était de n'avoir pas des nouvelles de son ami, et lui apprendre en même temps que, grâce à un stratagème consistant à la présentation d'un billet signé de son nom, le baptème avait été fait et qu'il était par conséquent reconnu le parrain de son fils.

« Ne nous associons qu'avec nos égaux » a dit Lafontaine.

Bon Lafontaine ! vous aviez joliment raison, lorsque vous écriviez cela ; et cependant vous étiez noble. Il est vrai que vous l'étiez et d'esprit et de cœur.

Enfin ! la réponse du comte arriva ; réponse courte, mais bonne, dans un style tranchant, conçue, ainsi qu'on va le lire :

« Je ne me porte ni bien ni mal. J'ai assez de filleuls « comme ça ; je me refuse formellement d'être le « parrain de votre enfant. Ecrire une fois par an, « c'est assez. »

Comprenez-vous cette fureur ?

Depuis ce jour, le petit-fils d'un fermier de marquis avant la révolution n'a plus écrit au seigneur des temps bien passés ; et, chaque fois que notre Militaire reparle de son amitié avec lui, il ne manque pas de dire :

« j'avais deux amis: un noble et un manant; aujourd'hui il ne me reste pour ami que le manant. »

Avant la naissance de ce garçon, le Garde avait eu une fille, à laquelle il donna pour parrain et marraine, sans songer à autre chose qu'à faire baptiser son enfant, un camarade de l'armée qui voulut bien, ainsi que sa femme, tenir la petite fille sur les fonts baptismaux. La fête se passa en famille, entre Officiers d'ailleurs pas de gêne ; tout le monde fut content jusqu'à la petite fille qui en pleura..... de joie.

Cette enfant, justement, me fait souvenir de ce que fit une domestique prise par notre employé pour soigner et veiller sur les enfants, sa femme étant d'une santé délicate. C'était, ma foi ! la dizième ou la onzième bonne qui entrait dans la maison. Il n'est pas facile de trouver, pour ce service-là, quelque chose de convenable dans une ville de la Corse, lorsqu'on est continental, parce que ces filles n'aiment pas à servir les Français, traitées par elles « Pinzontis » ; chez lesquels elles voudraient fainéanter, bien se nourrir et amener, pour vivre à la table du maître, non seulement leurs parents, mais encore leurs amants ; prenant ainsi des licences que l'on n'oserait jamais se permettre dans aucun pays.

Et c'est que ces filles ne sont jamais satisfaites ; elles demandent continuellement à faire augmenter leurs gages, surtout par les étrangers qui les paient pourtant mieux que ceux de l'île. Quand elles se présentent chez quelqu'un, on croirait qu'elles sont mortes de faim et sans asile ; se plaignant, en général, des mauvais traitements qu'elles subissent chez les gens du pays où, disent-elles, le nécessaire leur manque, sans compter les coups que parfois les maîtres leur administrent. Aussi, dès que l'on s'aperçoit de leurs défauts, si on leur adresse le moindre reproche, ce ne sont plus les maîtres qui ont le droit de parler, c'est la domestique qui devient insolente. Leur conduite prouve alors que leurs doléances ne sont que des mensonges que ces bonnes inventent chaque fois qu'elles changent de maisons. Le meilleur est donc de se servir soi-même, et de se contenter de répéter ce vieux proverbe : « chaque pays, chaque mode. »

La domestique de notre employé avait certes les

sept péchés capitaux réunis; elle en aurait eu un huitième, s'il eut été possible de dépasser le nombre sept. Cette fille avait fait sa première communion à l'âge de vingt-et-un ans, âge où les hommes tirent au sort. Comme on le voit, elle avait eu le temps de s'y préparer ; ce qui ne l'empêchait pas d'avoir fait à sa volonté depuis sa plus tendre enfance. Lorsqu'on lui disait qu'elle aimait à courir, à parler aux hommes, etc. etc Ses maîtres s'étaient vite aperçus de son manège; et si ils lui en avaient fait l'observation, ce n'était qu'à cause des enfants qu'elle ne devait jamais sortir de la maison sans être accompagnée par l'homme ou par la femme; ces réponses n'étaient qu'hypocrites et mensongères. Aussi devait-on la renvoyer à la fin du mois, ne pouvant conserver une créature aussi vicieuse.

Le Garde lui avait promis que s'il survenait, par sa faute, un accident à ses enfants, il la traiterait à la Méridionale. Ce mot « à la Méridionale » venait de ce qu'en causant avec cette fille, elle lui avait dit : « je ne suis pas Française, mais Corse. « Tiens, répliqua-t-il, moi aussi je ne suis pas Français, je suis Catalan. »

Avec une femme semblable, n'ayant que l'instinct du maquis, nature presque sauvage, il ne pouvait arriver que des accidents ; malheureusement ce pressentiment devait en quelque sorte se justifier. Or, un jour, voici ce qui survint :

Afin de sortir de la maison, la bonne trompa sa maîtresse, sous prétexte de vouloir acheter un objet qu'elle avait cassé pour bien donner à croire que sa sortie était nécessaire ; mais elle ne devait aller l'acheter qu'à quelques pas, chez un des marchands de la rue voisine. La dame, ne supposant pas qu'elle pût mentir, lui confia ses deux petits enfants pour aller faire cette course. Notre bonne profita de cette permission pour promener en plein soleil d'été ces pauvres petits êtres qui étaient en toilette négligée et sans chapeaux sur la tête, au risque de les rendre malades ; et, justement, la petite fille l'était depuis huit jours, car on lui avait fait prendre un vomitif le matin.

Ce fut donc sans se soucier de la défense de s'en aller loin de la maison avec les enfants, et de ce qui pourrait en résulter pour eux, qu'elle se dirigea, à deux heures de l'après midi, vers le Palais de Justice. A cette heure-là, personne ne sort là-bas de chez soi, à cause des grandes chaleurs. Ce n'est qu'à quatre heures du soir, au moment où la brise de mer arrive, que l'on quitte les appartements pour aller jouir de la fraîcheur de l'air. En cet endroit, elle abandonna les enfants à eux-mêmes et s'en alla causer, probablement avec un homme auquel elle avait donné rendez-vous.

Pendant ce temps, la petite fille passait à travers les barreaux de la grille, allait tomber la tête la première dans un des petits bassins d'arrosage des jardins du Palais, où elle s'y serait infailliblement noyée sans les cris de détresse jetés par son jeune frère, âgé de quatre ans Aux cris de l'enfant, l'homme qui causait avec la bonne grimpa lestement la grille et d'un bond sauta à terre, saisit l'enfant par ses robes, l'enleva juste à temps pour qu'elle ne fut pas asphyxiée et lui faire rendre l'eau qu'elle avait avalée, la sauvant ainsi d'une mort certaine.

Depuis que la domestique était sortie de la maison, le père cherchait ses enfants. Il avait parcouru comme un fou toutes les rues et les promenades de la ville sans les découvrir. Pourtant, il était passé près du Palais, et quoiqu'il eut regardé partout, il ne les avait pas vus, tant ses yeux étaient troublés par la douleur et les craintes qui bouleversaient son âme.

Il était revenu chez lui, d'où il ne fit qu'entrer et sortir; ne pouvant tenir en place ; enfin, il attendit dehors la bonne et ses enfants. Après deux heures d'attente, bien longues et bien pénibles pour un père, le Garde vit déboucher par la voûte de la porte de la citadelle une foule d'enfants. — Dans le pays il n'est pas rare de voir pareille chose ; le cas se présentant journellement lorsqu'on conduit des détenus de la prison au Palais de Justice et vice-versâ. — Le Garde donc, courut aussitôt au devant de cette foule, mais il recula les yeux égarés, ne reconnaissant même pas son enfant, portée sur les bras par une jeune fille. En effet, l'enfant avait le visage pâle comme celui d'une morte, ses cheveux blonds étaient collés aux tempes et sur la nuque, et de ses vêtements l'eau ruisselait. Non, ce malheureux père ne reconnut pas sa fille dans cet etat-là.

L'employé s'en retournait désespéré, ne croyant pas que ce rassemblement eût été formé pour servir d'escorte à son enfant, lorsqu'en jetant un dernier regard sur la foule, il aperçut sa domestique dissimulée derrière celle qui portait la petite sur les bras. Comme un éclair, il s'élance sur cette indigne bonne, l'enlace avec rage et la transporte dans sa maison où, suivant sa promesse, il lui administra une correction à la méridionale.

S'il n'est pas bien pour un homme de frapper une femme, un enfant ou un chien, ça ne doit être qu'à la condition que la femme, l'enfant ou le chien ne feront de mal à personne, c'est-à-dire lorsqu'on sera convaincu que chez eux il n'y a pas de méchanceté, et ce n'était pas le cas de la bonne.

Cet accident fit peu de bruit dans la ville ; néanmoins quelques jeunes gens, entre autres le frère d'un officier, eurent l'air de prendre fait et cause pour cette fille. Les femmes en firent peur à la dame du Garde, lui disant que les habitats de son hameau ne manqueraient pas de faire un mauvais parti a son mari. Hélas ! jamais personne ne se dérangea pour cette domestique. Les gens de l'endroit, qui savent encore, on n'en peut douter, reconnaître le vice de la vertu, la laissèrent pour ce qu'elle était. Bien des gens trouvèrent même que la justice de l'employé en valait bien une autre, qui aurait été impuissante pour réprimer une pareille faute.

Avant cette bonne, il en avait eu une plus jeune, sur laquelle les maîtres qu'elle quittait n'avaient pas voulu donner aucun renseignement, ainsi qu'il est de règle de le faire vis-à-vis d'un continental ; car tout Corse doit se soutenir, lors même que celui-ci ferait mal. Cette fille avait cependant déjà fait de la prison pour vol. Mais ce qu'il y a de plus comique dans son histoire, c'est que son ancien maître, qui se levait de grand matin pour aller promener, trouvait tous les jours la chambre de la bonne remplie d'eau, chaque fois qu'il y passait. Ce monsieur supposant cette fille somnambule, se figurait qu'elle se levait la nuit pour laver le parquet de son appartement. Il la surveilla ; et finit par la surprendre se servant du pochon à puiser l'eau dans le bassin pour faire ses petites nécessités, répandant ensuite le contenu sur le plancher.

Toutes ces domestiques, nous voulons dire les onze,

ne firent pas de vieux os dans la maison du Garde, car il fut obligé de les congédier avant que la première quinzaine fût achevée; aussi les changements se succédèrent-ils rapidement. En somme, que demandaient ces pauvres filles ? rien ou presque rien : avoir de belles robes, quoiqu'elles eussent, à la mode du pays, des chemises sans manches, avec de fort mauvais jupons presque toujours sales; quand ils étaient bons et propres, elles savaient bien les montrer. Puis, aller se promener toute la journée, après avoir bien bu et bien mangé. Là, se bornait, chers lecteurs, tous les désirs de ces pauvres filles.

Nous revenons encore une toute petite fois sur les commerçants de cette ville pour bien faire comprendre qu'ils valent quelquefois mieux que ceux du continent méridional, car le Garde trouva au moins chez eux l'utile et l'indispensable pour les besoins matériels de la vie, tandis qu'il aura de la peine, beaucoup de peine pour rencontrer cela ailleurs. Il sut, du reste, user avec modération du peu de crédit qu'on voulut bien lui faire ; et, s'il ne put remplir toutes ses obligations, c'est qu'il ne pouvait faire mieux pour le moment. Ces fournisseurs furent donc moins exigeants que ne le sont ceux du Midi, puisqu'il put s'arranger avec eux, sans qu'ils soient devenus par la suite tracassiers et méchants. Sauf cependant une femme qui tenait un petit café sur la place et près du logement du Garde ; celle-ci s'adressa à toutes les autorités pour se faire payer une dette insignifiante, et voici comment elle traitait la question : « Je suis une pauvre femme qui ne vit que de mon petit commerce, et l'employé ne veut pas me payer ce qu'il a consommé au café. »

Mais elle ne parlait pas que le Garde lui avait dit de faire une traite sur lui ; elle mentait donc, ce qui lui fit répondre par ce dernier : « Madame, vous avez raison d'avouer que vous êtes une « pauvre » femme, mais vous n'êtes pas une femme « pauvre. » En effet, quelque temps après cette réponse, notre militaire reçut une lettre 'de laquelle nous extrayons les lignes suivantes : « Je ne suis pas prête d'être sans pain et je souhaite d'en avoir toujours autant. » Ainsi elle réclamait, celle-là, pour le simple plaisir de réclamer, surtout quand elle écrivait : « j'ai eu l'honneur d'être l'amie de votre maison ; » et cette femme n'avait pas besoin de son argent. Qu'aurait-elle donc fait si elle avait eu besoin de ce qu'on lui devait pour vivre, et si elle n'avait pas été l'amie de la maison ?

Pour le reste de l'existence, en Corse, il n'y a rien de bien attrayant, surtout si l'on n'est pas chasseur ou pêcheur; non, il n'est pas facile de s'y distraire comme dans les villes du Nord. Même dans les cafés, ces lieux de réunion si agréables, lorsqu'on peut se mêler à la société habituelle, sans que l'on vous prenne pour un étranger, ne sont guère des lieux de plaisir pour les gens du pays, car on n'y va que pour consommer et non pour y tenir des conversations avec les voisins. Aussi chaque société fait-elle bande à part, et le militaire n'est fréquenté par le bourgeois que lorsque celui-ci paraît se décider à prendre femme dans le pays.

Il est bien rare qu'un étranger, lors même qu'il est devenu l'ami d'un indigène, soit admis à la table de la famille ; si cet ami l'invite, ce sera pour dîner à l'hôtel et non chez lui. De cette façon, l'étranger ne profanera point le foyer paternel ou le toit conjugal. — C'est ainsi que notre militaire prié de monter chez un monsieur, avec lequel il s'était lié depuis quelque temps, ne fut conduit qu'au grenier au lieu d'être présenté à la famille.

Cette digression terminée, nous reprenons notre narration sur les commerçants, car il y a des points à éclaircir. Sans contredit, on peut dire que tous les fournisseurs prennent avec de grandes précautions leurs mesures comme tous les tailleurs de la Ville, afin que personne ne leur doive rien en partant, lors même qu'ils seraient sûrs d'être payés tôt ou tard. Et ce n'est pas ce qui fait que l'on soit bien reçu dans les magasins, car on peut y entrer sans qu'un commis vous demande ce que vous désirez ; de plus, si vous faites déployer des marchandises sans en emporter une seule, l'on peut être assuré de recevoir de la part du marchand une admonestation un peu verte. Dans tous les cas, l'on ne vous offrira jamais, si vous achetez quelque chose, de faire porter les achats à votre domicile.

Les cordonniers ! oh ! mais les cordonniers sont là-bas de véritables hommes de poix ; ils sont vraiment surprenants dans cette île fortunée. Aussi le Garde comprend-il aujourd'hui pourquoi le plus grand nombre des habitants marchent nu-pieds : c'est que les cordonniers n'attendent jamais la fin de l'année pour faire présenter leurs notes.

Réclamer ce qui est dû n'est pas chose qui doive froisser l'amour-propre d'un honnête homme ; nonobstant, un cordonnier ne doit pas se moquer des gens en inventant chaque fois des mensonges pour ne point livrer la chaussure au jour fixé par lui ; c'est, à notre avis, manquer grossièrement à un client.

Le couplet de la chanson qui va suivre, démontrera surabondamment ce genre pittoresque mais sans façon des cordonniers de l'Ile.

> Mes bottes ? — Vos bottes sont faites !
> Il me le dit chaque matin.
> Pour les dimanches et les fêtes,
> Même chanson, ô Saint-Crépin !
> Grâce à cela, je le confesse,
> Mes pieds ne sont plus en prison.
> Les cordonniers, dans ma détresse,
> Ont peut-être encore raison.

Quant au banditisme, il est loin d'être ce qu'il était jadis. Hélas! le système est en pleine décadence. C'est, si l'on peut en parler ainsi, usé et bien usé; car les bandits tendent à disparaître de jour en jour, comme nos joyeux commis-voyageurs du bon vieux temps des diligences ont disparu depuis la création de nos chemins de fer. Et cela, parce que la « vendetta » ne s'exerce plus, comme autrefois, pour l'honneur outragé. Certes, il se tire et se tirera encore pas mal de coups de fusil en Corse, pour tout autre motif; mais le maquis n'est plus sûr depuis que certains bandits s'y sont comportés en Fra-Diavolo.

Au bout du compte et en dehors de leur manière d'agir entr'eux, le continental peut vivre tranquillement en Corse, si toutefois il n'y va pas pour y établir une industrie ou faire du commerce.

Enfin, par un hasard non providentiel mais ministériel, le Garde se vit renommé sur le continent. Il quitta donc l'Ile pour venir occuper un emploi dans une des forteresses du midi.

Dès qu'il apprit sa nomination, prévoyant que les petites additions donneraient de gros totaux, et comme il désirait payer au départ ce qu'il y avait de plus pressant, il écrivit à un de ses meilleurs amis d'enfance, commerçant assez bien établi dans la Ville où il allait, pour qu'il voulût bien lui donner sa signature et faire escompter un billet chez un banquier, afin que son départ s'exécuta sans encombre; c'est-à-dire de pouvoir monter sur le bateau sans crainte d'y être poursuivi par qui que ce soit. La réponse ne se fit pas attendre; la femme de son ami lui écrivit que son mari était en voyage et que pendant son absence elle ne pouvait rien faire pour lui être agréable. Malgré ce refus déguisé, il quitta la Corse sans que personne y mit obstacle.

Après une heureuse traversée, non exempte de mal de mer pour lui, sa femme et ses enfants, il débarqua sur le rivage français.

Le Garde passa par son pays, où il laissa séjourner pendant quelques jours sa famille, tandis qu'il prit le chemin de fer pour aller dans la ville où il allait résider, préparer un logement pour elle. Mais n'ayant pu trouver un lit dans son village, ou du moins l'offre ne lui en ayant été faite par aucun de ses parents, il fit descendre sa femme et ses enfants à l'hôtel, en attendant qu'il vint les chercher.

Dans le court espace de temps que la famille de l'employé resta dans le lieu de sa naissance, elle fut invitée à dîner par plusieurs parents. Un parmi tous les autres, dit à l'épouse qu'il ne pouvait lui faire une invitation, parce que sa femme était en voyage et que sa fille ne savait pas faire la cuisine. Notons, pour mémoire, que sa fille était mariée depuis longtemps.

Bah! avec de la patience on vient à bout de tout. Notre Garde était donc parti pour s'installer tant bien que mal dans son nouveau poste. Tout en se promenant dans la ville, il entra, avec cette franchise qui caractérise le vieux soldat, chez des petits parents qui l'avaient toujours bien accueilli autrefois. Pas un ne lui dit de s'asseoir; chez le dernier, il prit lui-même une chaise et dit en s'asseyant: « excusez-moi, je suis trop fatigué. »

Ah! répétons, au moins pour l'honneur de l'humanité, qu'il n'y a pas de règle sans exception. Car notre employé en trouva un qui lui prouva qu'il existait encore de bons parents sur la terre; chose dont il avait failli douter, d'après les précédentes réceptions. Par la suite, il en retrouva d'autres, et puis quelques amis. Mais dans un pays où chacun vit pour soi, on peut toujours s'en croire à cinq cents lieues.

L'aspect de la forteresse qu'il venait habiter était plus agréable que celle qu'il quittait en Corse. Les rues de la ville étaient plus belles, avec des magasins plus beaux aussi ; et des promenades ombragées, avec un jardin public où l'on pouvait jouir d'un certain calme et d'une certaine fraîcheur pendant les journées de grande chaleur.

Mais c'était tout ! — Les gens de notre époque ne sont plus comme les gens du temps jadis ; il y a maintenant tant d'égoïsme dans l'air, que l'on ne peut pour cette raison attendre ni demander un service à quelqu'un Un de ces services que l'on se rendait si facilement autrefois entre amis, sans signature et sans témoins. Aujourd'hui l'orgueil dominant, tout passe à la toilette ; aussi l'on peut répéter ce que disent les Corses, sans en avoir le démenti : « Tout ce que l'on se met dans le ventre ne se voit pas, tandis que ce que l'on se met sur soi, se voit. » Or, les populations d'à présent n'appliquent même pas les lois de la fraternité, et chacun vit chez soi. Il en résulte que les locataires d'une même maison ne se fréquentent pas ; qu'en passant les uns près des autres dans les escaliers, ils ne se disent ni bonjour ni bonsoir ; qu'il n'y a par conséquent ni déférence ni politesse entre eux. Les uns se plaignent du piano du troisième ; les autres des enfants du cinquième ; l'on vit seul, isolé, en dehors de toute société. Et l'axiôme : « aide-toi, le ciel t'aidera » est mis en usage dans toute sa rigueur, par ceux-là mêmes qui sont nés pour s'aimer en frères.

Notre Garde dut d'abord remonter son ménage ; ce qui ne se fit qu'avec beaucoup de mal, ainsi qu'on va le voir. Pendant cinq jours il coucha par terre sur ses matelas avec sa femme et ses enfants, n'ayant pu se procurer un lit, même en le louant chez les nombreux marchands de meubles de la ville. A la vérité, ceux-ci ne demandaient pas mieux que de louer, mais ils ne voulaient meubler les appartements qu'avec luxe, afin d'en retirer un plus fort bénéfice, oubliant que les petites sources font de grandes rivières, et qu'où le luxe s'étale, il arrive quelquefois qu'on ne paie pas, tandis que ceux qui font les choses simplement paient toujours fort bien.

Quand il voulut acheter des meubles, dans des conditions semblables à celles que l'on trouve partout, payant un tant par mois, il n'éprouva que des refus de la part de ces commerçants. Et voici comment il fit six marchés avec six de ces industriels, où pas un ne tint parole. Si le marché avait été fait avec le mari, la femme ne l'admettait pas ; si c'était avec la femme, le tour du mari arrivait pour rompre l'arrangement. Enfin, au septième, grâce à de bonnes connaissances, il put, au bout de deux ans, acheter des lits, des chaises et des tables ; mais il ne voulut point dans ces chambres mettre un seul pouff, afin de conserver intacte sa manière de faire. Il aurait pu, à la vérité, trouver ce qui lui était nécessaire chez un de ces marchands de meubles qui font payer le triple de ce que vaut un objet, dans des conditions telles que si un paiement vient à manquer, il ne reste rien à l'acheteur.

O juifs des pays brumeux ! vous que je bénis et pour lesquels j'ai gardé une profonde reconnaissance, vous seriez bien étonnés de voir faire du commerce de cette façon, n'est-ce pas ? Oh ! dites-moi oui, pour que ce oui vienne humecter mon cœur d'un doux contentement, comme la rosée bienfaisante de la nuit, en s'égouttant, rafraîchit les fleurs et les plantes qu'un soleil brûlant a desséchées pendant le jour. Certes, ô fils d'Israël, vous seriez stupéfaits de rencontrer sous un beau ciel bleu, des commerçants aussi étonnants que ceux de ce pays-là ; cent fois moins accommodants que ceux de la Corse Mais vous, ô juifs, devant lesquels je me prosterne, moi orgueilleux catholique, quoique vous soyez les vrais adorateurs du veau d'or, vous avez été, vous êtes et serez toujours la providence de tous les officiers de terre et de mer, parce que vous savez mettre à leur disposition toutes les richesses de vos magasins ; ces magasins où l'on trouve tout ce qu'il faut, à des prix modérés et payables au long cours. Ah ! vous autres seuls savez gagner de l'argent avec tout le monde Aussi vous prospérerez toujours et quand même, au lieu que ces commerçants timides et soupçonneux mourront peut-être de faim.

Si les marchands de meubles, hommes de bois, ont leur utilité, celles des autres marchands ont incontestablement une utilité plus grande encore, car il faut boire et il faut manger. Aussi les fournisseurs de comestibles et de boissons sont-ils gens précieux, surtout lorsqu'ils savent faciliter les clients ne jouissant que de faibles émoluments, par leur bonne volonté et leur patience. Cette ordre d'idées, mes très chers frères, n'étaient point le propre du caractère des commerçants de cette ville. « Payez et vous serez considérés. » En effet, ne pas prendre chez eux argent comptant ou, si en prenant à crédit, il n'y avait pas au premier du mois là somme due, l'on ne pouvait que s'attirer mille avanies de leur part. Cependant, un honnête homme pouvait se trouver une fois en retard pour régler ses comptes, par suite de ces mille et une vicissitudes qui sont semées sur nos pas dans l'existence humaine, mais non, rien ; payez ! C'est tout ce que savaient répondre les fournisseurs, commerçants et autres de cette ville où les flots verts de la mer, en se berçant à leurs pieds, peuvent les rendre tous riches comme des Crésus.

Et n'oublions pas le marchand de vins, le boulanger et l'épicier dans les prières des agonisants; notre militaire se souviendra longtemps de son marchand de bois, nouvellement établi dans la ville, déjà bien connu pour son manque d'égards envers tous ses clients ; de ses deux cordonniers civils, faisant la paire de souliers, mais pouvant marcher de front avec ceux de l'Ile.

Eh bien ! franchement, lorsqu'après plus de trente ans, un homme quel qu'il soit, se trouve en présence d'un pareil système et dans son propre pays, il est obligé de reconnaître que c'est le cas de dire : le crédit ne fait plus le commerce, malgré que le proverbe assure le contraire.

Néanmoins cette ville réclamait toujours de la garnison, c'est que le soldat dépense ! Au moins, si le profit que retirent les commerçants des troupes stationnées chez eux, pouvaient les rendre meilleurs et plus aimables envers les officiers et les employés militaires, on pourrait enfin espérer que ces messieurs finissent un beau jour par en dire tout le bien que l'on dit des commerçants des autres pays. Il passera joliment de l'eau sous le pont, avant que cela arrive.

Les logements ne se donnent pas pour peu de chose dans cette ville-là ; au contraire, ils sont très chers et il faut encore savoir ménager la susceptibilité des propriétaires. Hors de prix pour les petites bourses. Notre Garde, pourtant, eut la chance d'en trouver un très convenable pour sa famille et d'un prix réellement bien inférieur à tous ceux de la ville ; mais il était éloigné des marchés et autres lieux d'approvisionnements. Il s'y installa avec sa famille, sous la protection de Dieu, le mieux qu'il put. Les exigences ne furent jamais très grandes de la part de celui qui remplissait les fonctions de propriétaire du quartier ; quartier, lui avait-on dit, créé pour les ouvriers. Mais ce gérant ou chargé des locations y commandait en maître. C'était un pauvre ouvrier devenu un peu riche, en hantant les églises, en se confessant et en communiant plus souvent que tous les autres mortels ; ces derniers sont aussi désireux de plaire aux hommes qu'à Dieu, car il est permis d'avoir en France la liberté de conscience ; tandis que lui, ne pratiquait la religion que pour mieux soigner son âme et son corps. Notre gérant avait donc obtenu une confiance illimitée pour surveiller le quartier ; et, afin de mieux garder le troupeau, notre homme avait revêtu les habits du berger, comme le loup de la fable. Ce déguisement lui permettait au sortir de l'église où il avait communié, de caresser les petites filles qui se trouvaient sur son passage, en signe de bénédiction. Dans cet acte attentatoire à la pudeur, les mauvaises langues ne purent s'empêcher de penser que sa conduite ne servait qu'à mieux déguiser son hypocrisie. Il est probable que ces gens-là aimaient à dire autant de mal des jésuites à robe courte que des jésuites à robe longue, eux qui veulent faire supposer qu'ils sont réellement les bienfaiteurs de l'humanité. Et notre saint homme, à l'air contrit et béat, était parvenu à élever une famille assez nombreuse, à laquelle jadis il ne faisait faire que de maigres repas. Avec un œuf et une botte de radis — il ne disait pas la grosseur de la botte, — non-seulement il y avait à dîner pour lui, sa femme et ses enfants, mais il en restait encore pour le souper. Depuis son élévation au grade de gérant, il avait réalisé de grandes économies, et la table était mieux servie, parce que le ciel réserve pour ses élus les meilleurs vins, les meilleurs plats ; *Deo gratias.*

Ce bien-être et l'habitude d'entendre prêcher de beaux sermons, sans compter les petites conférences du Cercle catholique, avaient donné de l'esprit à ce brave ouvrier, à qui l'intelligence s'était ouverte comme la fenêtre d'une maison fermée depuis des années s'ouvre violemment par un coup de vent. Il était donc pour ainsi dire illuminé par la grâce divine, et vous savez que cette grâce ne s'accorde pas au premier venu. Aussi notre gérant aimait-il à faire le sermon à ses locataires, dans un langage oint et bénin, dont la candeur semblait égaler l'innocence, pour expliquer à son auditoire les vertus qui devraient régner sur la terre, et les châtiments qui leur incomberaient dans l'enfer, s'ils venaient à commettre des péchés mortels.

Tous les beaux discours du chargé des locations ne servaient qu'à amuser les locataires un moment ; au lieu de paroles, ceux-ci auraient préféré trouver en lui un homme franc, gérant mieux ses maisons, rendant service aux locataires en s'occupant de faire faire à temps les réparations dans leurs appartements, surtout ne pas empêcher par sa toute puissance que l'on vienne établir un commerce quelconque dans le quartier, ce qu'il ne voulait accorder qu'aux siens, que de leur parler du paradis, du purgatoire ou de l'enfer. Alors que notre homme exigeait la régularité du paiement des loyers, ne se gênant pas pour traîner devant le juge-de-paix le malheureux qui aurait apporté le moindre retard.

Sa fille, la belle Rosa, était l'épicière souveraine du quartier ; elle vendait des marchandises avariées, remplies de crottes de chat ou pleines de vers. Et, quand elle avait à faire à un mauvais payeur, elle savait de sa main peu potelée, administrer une bonne gifle à l'homme qui se serait permis de troubler l'harmonie de ses idées. Il est toujours doux et facile d'accepter cette gracieuseté de la part d'une femme qui savait si bien administrer une tape comme la belle Rosa. Les gens qui prenaient au mois chez elle, employés et autres, savent à quoi s'en tenir sur le langage et les petites manières de l'épicière du quartier habité par le Garde

On le voit ; ce sujet deviendrait inépuisable, si on continuait à raconter ce que les suites de la guerre ont amené de changements dans les idées, les mœurs et les habitudes dans cette grande ville de guerre où, autrefois, tout était si gai, si charmant et si humain. Maintenant, il n'y a plus que les personnes indélicates, celles qui ne s'enrichissent que par des faillites, qui trouvent à y vivre ; tandis que les personnes honnêtes ont une peine infinie à subvenir à leur existence.

Quelque temps avant son départ de la Corse, le Garde avait perdu sa mère. Cette cruelle nouvelle lui causa une très vive douleur, car elle lui enlevait l'espoir de vivre avec elle ; de lui prodiguer encore ses soins et son amour filial. Tant que sa mère vécut à l'hospice, il eut le bonheur, la consolation de voir un ami sincère et dévoué, lequel avait eu lui-même un semblable malheur dans la personne de son frère, visiter sa mère chaque jour à l'hospice ; et, ce fut cet ami qui lui annonça la fin de l'existence de sa pauvre vieille bonne mère. Mais un autre ami, un vieux camarade de régiment, dans une position correspondant à la sienne, ne se dérangea jamais pour s'assurer de l'état de santé et du bien-être de cette pauvre et digne femme.

A cette mort, plus tard vinrent s'ajouter celle d'un enfant ; puis tous les membres de cette famille tombèrent malades les uns après les autres, par suite probablement du changement de climat.

A présent que les années ont succédé aux années, notre militaire oublie chaque jour les sordides actions, ainsi que l'indifférence de tous ceux dont l'âme n'a pas été assez généreuse pour comprendre les diverses circonstances qui se sont produites à la suite d'une guerre aussi terrible que celle de 1870; mais en son cœur, il garde une large reconnaissance aux personnes qui lui ont témoigné leur amitié et leur dévouement; seulement il a fait une remarque : c'est que bien des gens, parents et amis, ne s'occupaient d'un des leurs que lorsque celui-ci occupait un haut emploi, évidemment dans l'espoir de lui demander des services en cas de besoin ; au lieu que l'on abandonnait sans vergogne, l'homme qui n'avait qu'une position médiocre et ne pouvant être utile à personne.

Mais aujourd'hui qu'il est enfin rassuré sur son sort et sur celui de sa famille, notre Garde commence enfin à respirer ; et, certes, il jouit d'un repos bien mérité.

Tous ses soins se portent sur l'éducation de ses enfants, dont il veut faire gens honorables et honorés, vrais défenseurs de la patrie ; auxquels il inculque l'amour du prochain et les principes d'une véritable fraternité, afin qu'ils soient tous des gens de cœur.

Bien souvent on l'entend murmurer ce que chante, avec douleur et amertume, le paysan de l'Alsace-Lorraine exilé de son pays depuis la guerre.

> Adieu, pays que j'ai quitté
> En emmenant ma vieille mère,
> Un enfant encore allaité
> Si loin de ma pauvre chaumière.
> Adieu, mes ravissants côteaux,
> Moselle que la guerre enchaîne
> Et t'a donné de durs bourreaux,
> Mon beau pays de la Lorraine.

Lille, imp. J. Petit, rue Basse.